INSTRUCTIONS

SUR L'EMPLOI DE

L'ERVALENTA

ET DE

LA MELASSE WARTON

(*Dite DE LA COCHINCHINE*)

POUR DÉTRUIRE LA CONSTIPATION ET SES SUITES TERRIBLES, TELLES QUE LES DIGESTIONS PÉNIBLES, LA GASTRITE, LA GASTRALGIE, L'ENTÉRITE, L'ENTÉRALGIE, LES HÉMORROÏDES, LES AFFECTIONS NERVEUSES ET AUTRES MALADIES,

AVEC UN

RÉSUMÉ

DU

TRAITÉ WARTON SUR LA CONSTIPATION,

Les Mauvaises Digestions, etc.

Douzième Édition.

« On peut se montrer grand praticien sans ordonner des médicaments : le meilleur remède est souvent de n'en prescrire aucun. » (TISSOT.)

PARIS,
A LA MAISON WARTON, RUE RICHELIEU, 68;
LONDRES,
9, ST-MARTIN'S PLACE, CHARING CROSS STRAND,
1850.

INSTRUCTIONS, ETC.

CHAPITRE I.

La première et la plus importante de toutes les INSTRUCTIONS que nous devons donner à ceux qui se proposent de se guérir au moyen de l'Ervalenta, est, *avant de commencer le traitement*, de lire avec attention le petit volume intitulé : « *De la Constipation, des Mauvaises Digestions, etc. Nouvelle Méthode (ou Moyen Naturel) Curative, Préservative et Fortifiante, simple, agréable et infaillible, basée sur l'Alimentation; spécialement applicable aux Maladies des Voies Digestives, et confirmée par un très grand nombre de Guérisons, opérées par cette Méthode, sans secours d'aucune espèce de Médicament.* 24e *édition. Paris, à la Maison Warton, rue Richelieu, n°* 68*; et chez tous les libraires : Londres n°* 9 *St-Martin's Place Charring Cross strand.*

Ceux qui négligent la lecture dudit Traité, n'arriveront pas aussi vite, ni aussi sûrement, à leur but, que ceux qui se livrent soigneusement à cette lecture. Par l'intermédiaire de ce Traité, on s'instruit dans les principes de ce moyen curatif; et alors, aidé par les *Instructions* que nous donnons ici, on est en état de concourir puissamment à sa propre guérison et à la conservation de sa santé; et, assurément, ce n'est que lorsqu'on est éclairé de la sorte sur les choses, que l'on peut en profiter convenablement.

Felix qui potuit rerum cognoscere causas ! (VIRGILE.)

(*Heureux celui qui des choses a pu connaître les causes.*)

Dans la confiance de guérir qu'inspire cette connaissance des principes, on se mettra à l'œuvre de son traitement, non pas en tâtonnant, mais d'un pas sûr; et non-seulement on le commencera avec courage, mais on le continuera avec constance, parce qu'on verra quel est le fondement de ses espérances.

On connaîtra de plus en détail (ce qui est très avantageux pour les malades) comment s'est effectuée la guérison d'autres personnes que l'Ervalenta a délivrées d'affections semblables aux siennes; car l'ouvrage dont nous recommandons la lecture renfermant un grand nombre de cas différents, décrits par les malades eux-mêmes, on manquera rarement d'en trouver au moins un qui soit semblable à sa propre affection. On verra, du reste, dans ces relations intéressantes non-seulement le temps que le traitement a duré, mais encore beaucoup de particularités qui se sont présentées chez différents individus.

Qu'aucun malade ne vienne donc se plaindre de n'avoir pas obtenu de l'emploi de l'Ervalenta et de la Mélasse tout le bien qu'il avait le droit d'en espérer, si, après ce conseil, il ne se presse pas de lire soigneusement le Traité en question.

CHAPITRE II.

Personnes qui peuvent espérer un bon résultat de l'usage de l'Ervalenta.

Les SEULES *personnes* qui puissent s'attendre à ce que l'Ervalenta produise sur elles un effet satisfaisant, sont celles qui, *suivant le régime indiqué dans le chapitre IV*, feront régulièrement usage de cette farine à leur premier et à leur dernier repas de chaque jour *pendant un laps de temps* plus ou moins considérable, suivant la gravité de l'affection, jusqu'à ce que les intestins commencent à fonctionner naturellement, *sans avoir recours à l'Ervalenta.*

Deux faits démontreront combien il importe de faire attention à cette indication.

I. On sentira facilement cette nécessité, en considérant que cette substance est un simple aliment, et nullement un médicament. C'est sa nature *essentiellement* alimentaire et *anti-médicinale* qui fait qu'on ne s'aperçoit souvent de ses effets que le cinquième, et même le dixième jour après qu'on a commencé à en prendre.

Les purgatifs, par leur action prompte, font violence à l'estomac et aux intestins, les irritent et en épuisent l'énergie. Aussi, le soulagement qu'on se procure par ce moyen n'est que passager; la constipation redouble d'intensité, et l'on voit s'aggraver la difficulté de digérer, et les autres maladies, si nombreuses, que la constipation fait naître ou entretient.

Au contraire, l'action que l'Ervalenta exerce sur ces mêmes organes, est *bénigne*, naturelle, graduelle et lente, elle ne presse, ne force, ni ne précipite la nature. De là les cures extraordinaires qu'elle opère.

La nature de cette farine étant telle, nous insistons ici sur la nécessité de continuer avec persévérance son emploi deux fois par jour (en suivant les instructions que renferme le chapitre IV), d'abord parce qu'autrement on obtiendra rarement des résultats satisfaisants, et aussi parce que plusieurs personnes s'étant attendues à ce que l'Ervalenta produirait sur elles un effet presque aussi prompt que celui des purgatifs, avaient *à tort* renoncé à cette farine pour recourir de nouveau aux injections et aux médicaments; *moyens* qui, employés contre la constipation invétérée, toujours aggravent le mal.

C'est en suivant ces conseils, que tant de personnes de toutes les classes de la société, à Paris, dans les départements, et dans les nations diverses, se sont trouvées complètement guéries, après avoir employé vainement les moyens ordinaires; que tant de personnes, *après plus de vingt ans de souffrances*, nous adressent des documents qui constatent qu'elles sont délivrées, non-seulement de la constipation et des digestions laborieuses, mais encore de tant d'autres maladies. On trouvera dans le Traité précité une partie de ces documents remarquables, avec les noms et les adresses de leurs auteurs.

II. On sentira facilement la nécessité de suivre (autant que possible) les instructions que renferme le chapitre IV, aussitôt que l'on comprendra qu'elles ont principalement trait au RÉGIME à suivre. Mais qu'entend-on par *régime* en fait de maladie? N'est-ce pas des règles pour éviter, d'une part, toute alimentation de nature à neutraliser le bon effet qu'on attend d'un traitement médical, et pour se soutenir, d'autre part, au moyen d'aliments qui favorisent l'effet de ce traitement? C'est ce qu'on prescrit ordinairement, selon les circonstances, dans une maladie quelconque.

Or, s'il est important de suivre un régime quand les agents dont on se sert sont *des médicaments*, il est encore plus important de le faire quand *l'Ervalenta* est le moyen curatif qu'on emploie. N'étant qu'un aliment, elle n'a pas la force que possèdent les médicaments : elle n'a même, pour évacuer le canal alimentaire, qu'une puissance comparativement faible. Mais plus sa force est inférieure à celle des médicaments, plus il est nécessaire d'éviter tout aliment de nature à produire un effet contraire; et de faire usage des aliments qui tendent à produire un effet conforme à l'objet de l'Ervalenta.

On conçoit donc que, lorsqu'on emploie l'Ervalenta pour détruire une constipation qui remonte à plusieurs mois, ou même à plusieurs années, cette farine peut souvent ne pas avoir, dans les premiers jours, l'énergie suffisante pour expulser du corps les matières fécales que l'action prolongée de la chaleur intestinale a fortement durcies. C'est pourquoi, entre les instructions contenues dans le chapitre IV, nous recommandons, comme chose nécessaire, de seconder, dans tous ces cas, l'effet de l'Ervalenta par des aliments d'une nature émolliente et *apéritive*, tels que la MÉLASSE WARTON (dite *de la Cochinchine*), les différentes espèces de *pruneaux*, etc.

C'est par la même raison que, dans le même chapitre, nous avons interdit *en partie* l'usage du Pain dans les premiers temps qu'on commence à employer notre moyen curatif. Le pain constipant les personnes disposées à cette affection, neutraliserait plus ou moins les bons effets de l'Ervalenta, si l'on négligeait de suivre notre conseil.

On remarquera cependant qu'il deviendra de moins en moins nécessaire d'employer la Mélasse Warton et les pruneaux, comme de s'abstenir de pain. On ne tardera pas à s'en apercevoir toutes les fois que l'affection ne sera pas opiniâtre ; et, par conséquent, on pourra se trouver promptement dans le cas de modifier considérablement ces trois points de nos instructions, ou même de les laisser entièrement de côté.

Nota. Dans ces *Instructions*, nous parlons principalement de la Constipation, parce que c'est d'elle que proviennent le plus souvent les autres maladies ; mais nous n'en avons pas moins eu soin (dans le chapitre IV) d'indiquer les modifications qu'il faut apporter selon la différence des cas. Toutefois, on doit comprendre que le Traitement alimentaire ne varie qu'avec les variations dans l'état des évacuations alvines, quelque soit du reste la maladie dont on veut se guérir, il ne faut pas d'autres variations que celles que nous permettons selon le goût, ou selon ce que le malade ou son médecin trouve lui convenir le mieux. — Pour comprendre comment l'Ervalenta guérit ces maladies différentes et même en apparence opposées, et par là se diriger avec plus d'intelligence et de confiance, il faut lire avec attention le Traité dont nous avons parlé.

CHAPITRE III.

Quelques Mots sur la Mélasse Warton.

La *Mélasse Warton* (dite *de la Cochinchine*) est nécessaire à un bon nombre de malades en même temps que l'Ervalenta ; c'est-à-dire lorsqu'il existerait une constipation très opiniâtre, une gastrite ou gastralgie, entérite ou entéralgie, chronique ; ou une lésion quelconque du tube digestif, du foie, de la rate, des reins, de la vessie, etc.; *et que, l'usage de l'Ervalenta seule ne procurant pas une selle par jour, le malade se trouverait incommodé par cette cause.*

Cette Mélasse est un aliment laxatif très doux, dont on se sert, de la manière indiquée au chapitre IV, *pour seconder l'action de l'Ervalenta.* Du reste, elle ne contient, non plus que l'Ervalenta, aucune substance pharmaceutique, et ne saurait être nuisible dans aucun cas.

On doit cesser l'emploi de la Mélasse, aussitôt que l'Ervalenta, assaisonnée avec du sucre ou du sel, suffit seule pour produire les évacuations; ce que l'on apprendra en diminuant par degrés la quantité de Mélasse que l'on prend habituellement.

Les personnes âgées peuvent se servir de cette Mélasse, mais moins librement que les autres.

Nota. Pour la manière de conserver la Mélasse Warton, ainsi que l'Ervalenta, voyez le chapitre VI, au n° 3.

CHAPITRE IV.

Emploi de l'Ervalenta et de la Mélasse Warton. Divers Conseils Importants.

Nota. Les médecins *qui ordonneront à leurs malades de prendre de l'Ervalenta, sont priés respectueusement de leur recommander en même temps de suivre les instructions renfermées dans ce chapitre; car, si elles étaient négligées, on n'aurait pas le droit d'espérer un résultat satisfaisant.*

1. Ervalenta au lait pur, au lait coupé avec de l'eau, et a l'eau pure. La dose ordinaire est de 60 grammes (deux onces) d'Ervalenta pour un demi-litre du liquide. On délaie l'Ervalenta à froid avec environ six cuillerées de lait pur, de lait coupé avec de l'eau, ou de l'eau pure; on agite, on remue, jusqu'à ce que la poudre soit parfaitement délayée, et qu'il ne reste plus un seul grumeau; on verse alors, peu à peu, le restant du liquide. Quand le tout est bien mélangé, on le met sur le feu jusqu'à ce qu'il commence à bouillir, en ayant soin de toujours remuer avec une cuillère, pour ne pas le laisser prendre au fond. En le retirant du feu,

on ajoute 30 grammes (une once) de beurre frais, et, selon les cas (voir le n° 3), ou de la *Mélasse Warton* (dite *de la Cochinchine*), ou du sucre, jusqu'à ce qu'il soit assez sucré.

2. L'Ervalenta, bien préparée au lait, a une couleur jaune pâle, et ne contient pas le moindre grumeau. Nous faisons cette observation afin que, si l'on servait à table de l'Ervalenta qui contînt des grumeaux, ou qui eût un aspect différent de celui que nous avons indiqué, on ne s'en prît pas à la farine elle-même, mais au manque de soin de la personne qui l'aurait préparée.

3. Les personnes qui doivent se servir de la Mélasse Warton, et celles qui peuvent s'en passer, sont bien distinguées dans le chapitre III.

4. On peut, à son gré, se passer du beurre ; et pareillement, quand on ne se sert pas de la Mélasse, on peut remplacer le sucre par du sel.

5. Ervalenta au bouillon gras. Les proportions de l'Ervalenta et du liquide sont les mêmes que pour les bouillies précédentes : 60 grammes (deux onces) de la farine pour demi-litre de bon bouillon gras. On la délaie, et on la fait cuire de la même manière que les bouillies précédentes ; seulement, au lieu d'y ajouter de la Mélasse ou du sucre et du beurre, on y met du sel suivant son goût.

6. Le malade peut se borner a employer une seule des diverses préparations indiquées aux paragraphes 1 et 5, ou les varier, selon ce qu'il trouve lui convenir le mieux.

7. La quantité qu'on doit prendre à chaque repas de cette farine, si l'appétit le permet, est, comme on vient de le voir, de 60 grammes (deux onces), préparée avec un demi-litre de liquide. Si cette quantité de bouillie était trop petite ou trop considérable pour l'appétit, on doit en préparer plus ou moins, tout en observant, excepté dans le cas prévu au paragraphe 8, les mêmes proportions. Toutefois, en cas de diminution, à mesure que l'appétit le permet, il faut compléter peu à peu la quantité ordinaire indiquée ci-dessus.

8. Si des personnes éprouvaient de la difficulté à prendre quelqu'une des préparations expliquées dans les paragraphes 1 et 5 à l'état de consistance qui s'y trouve recommandé, elles pourraient diminuer d'une demi-once, ou même d'une once (s'il était nécessaire) la quantité d'Ervalenta, et proportionnellement les autres ingrédients, sauf *le liquide*. Mais dès que ces personnes se retrou-

veraient en état de prendre ces préparations plus épaisses, il faudrait leur redonner peu à peu le degré de consistance qui est recommandé aux paragraphes 1 et 5; car il est beaucoup plus efficace que lorsque ces préparations sont plus claires.

9. Pendant qu'il fait usagé de l'Ervalenta, le malade ne doit prendre aucune espèce de médicament, à moins qu'il ne le fasse d'après une ordonnance formelle de son médecin, et sauf le cas prévu au paragraphe 22.

10. A déjeuner et à souper, le malade qui souffre de la Constipation doit, *pendant quelque temps*, s'abstenir le plus possible de *pain de froment*. Il faut, à ces deux repas, remplacer le pain par les préparations d'Ervalenta.

11. Dans le cas où l'on ne ferait point usage de la *Mélasse Warton* (dite *de la Cochinchine*), il serait indispensable pour les personnes constipées, dans les premiers temps, de prendre, après chaque repas d'Ervalenta, d'une à quatre cuillerées à soupe de pruneaux cuits. — On doit, à mesure que la constipation perd de sa force, diminuer *graduellement* l'usage des pruneaux ou de la Mélasse; mais il ne faut cesser d'employer l'Ervalenta que quelque temps après avoir renoncé à la Mélasse ou aux pruneaux : voir le chapitre VI, nº 1.

12. Les pruneaux se préparent de la manière suivante : on en lave bien une livre, par exemple, dans l'eau tiède, qu'on renouvelle plusieurs fois; puis on les fait cuire *lentement* dans un demi-litre d'eau, jusqu'à ce qu'ils s'amollissent; ce qui demandera peut-être un peu plus de deux heures. On les tient soigneusement couverts pendant qu'ils cuisent. On y met du sucre selon son goût, après qu'ils sont restés au feu environ la moitié du temps indiqué ci-dessus : une once de sucre suffit en général.

13. Si des personnes avaient de la peine à digérer les pruneaux, il faudrait les abandonner.

14. Au dîner, on peut manger les mets d'habitude. La *croûte* du pain est moins contraire que la *mie* aux personnes constipées. Il faut aussi renoncer pendant quelque temps aux puddings, et toujours aux pâtés et à la pâtisserie en général.

15. La viande qu'on mange doit être tendre et cuite le plus simplement possible : elle peut être rôtie, cuite au four, ou bouillie. Il faut s'abstenir de tout mets de haut goût, poivré et épicé, manger *moins* de viande *que d'habitude*, et se servir *abondamment* de légumes verts. On peut manger des pommes de terre, mais modérément.

16. Les feuilles vertes de l'extérieur du chou sont beaucoup plus salutaires et plus efficaces que les feuilles blanches de l'intérieur. Dans beaucoup de cas, les choux et les légumes verts feront, en peu de temps, autant d'effet que les pruneaux, etc. Il faut faire bien cuire les légumes verts, et les assaisonner avec du beurre. Si l'on mange de la viande avec les légumes, il faut y mettre moins de beurre. On ne doit point faire usage de choux durcis. — Toute la médecine des anciens Romains, pendant six cents ans, s'est bornée à l'usage du chou (1).

17. Pour les boissons à dîner, on peut faire usage des mêmes que d'habitude; mais il faut en réduire la quantité de moitié, et combler avec de l'eau la différence.

18. Tant que la constipation n'est pas détruite, il faut s'abstenir de chocolat, de cacao, de racahout et de kaïffa. Il faut aussi renoncer à l'eau-de-vie, aux liqueurs, aux fruits durs, tels que les noix, et aux œufs à la coque trop cuits.

19. Tant que la constipation n'a pas diminué de sa violence, on ne doit pas aller à cheval.

20. Si, après avoir commencé à faire usage d'Ervalenta conformément aux instructions que nous donnons, le malade n'obtenait pas une selle naturelle pendant quarante-huit heures après l'évacuation antérieure, il prendrait une injection *d'eau tiède* avec une cuillerée de sel gris ou deux cuillerées d'huile d'olive, environ deux heures après l'un ou l'autre de ses trois repas de la journée; mais ni plus tard, ni plus d'une fois par jour. — Toutefois, il ne faut pas recourir aux injections après la première, ou, tout au plus, après la seconde semaine qu'on fait usage de l'Ervalenta. La nécessité où l'on peut se trouver de recourir à ce moyen, provient de l'extrême dessiccation des matières fécales, surtout chez les personnes qui ont depuis longtemps l'habitude de prendre des injections ou des purgatifs.

21. Si le genre d'alimentation, que nous avons recommandé ci-dessus, était accompagné de vents incommodes dans la région inférieure, ce serait la violence de la constipation qui en serait cause, et on les sentirait se dissiper à mesure que l'affection se dissiperait elle-même. Au reste, loin d'être nuisibles, comme beaucoup de personnes se le figurent, ces vents sont très efficaces, au contraire, pour accélérer les évacuations alvines en cas de constipation. *C'est là leur destination*, et, jusqu'à ce jour, on n'a que très imparfaitement compris l'objet que s'est proposé la nature à cet égard.

---

(1) *C. Plinii Secundi de Re Medicâ*, lib. 4, c. 29.

22. Lors même que la constipation est détruite, et que la digestion commence à se faire facilement, il ne faut manger ni viande, ni mets au gras, plus d'une fois par jour. La plus grande partie du repas doit se composer de légumes verts.

23. Quand on se sent fatigué, il ne faut pas beaucoup manger le soir; car la digestion se ferait mal, et la constipation s'en accroîtrait.

24. Il faut avoir soin de ne pas se charger l'estomac à l'excès, surtout lorsqu'on prend une nourriture solide.

25. On accélère la guérison de la constipation et des mauvaises digestions, en prenant le principal repas de bonne heure. En cas qu'il ne convienne pas de dîner d'assez bonne heure pour prendre l'Ervalenta plus tard, on doit la prendre à ce même repas, au lieu de toute autre soupe.

26. Il est *de la plus haute importance*, pour les personnes habituellement constipées, de ne point avoir des vêtements qui les serrent si peu que ce soit à la région abdominale. Il faut tenir cette partie du corps *entièrement* à l'aise. C'est là un point qu'on ne saurait négliger sans en éprouver de très funestes effets.

27. Par un motif semblable, toutes les fois qu'on vient de faire un assez bon repas, il faut éviter de se mettre contre une table pour écrire ou travailler. Il est mieux même de n'être pas assis pendant que cette digestion s'opère. Ce qu'on peut faire de mieux pendant ce temps, c'est de se promener en plein air, ou, si le temps est trop mauvais pour sortir, de se livrer chez soi à une occupation qui exige qu'on se tienne debout.

28. L'oisiveté et une vie sédentaire augmentent singulièrement la disposition à la constipation. Aussi est-il fort important, pour les personnes disposées à cette affection, de se promener tous les jours en plein air, ou de prendre quelque autre genre d'exercice. L'équitation et la promenade en voiture sont beaucoup moins bonnes pour la santé que la marche.

29. Il est important de ne pas rester au lit plus de sept à huit heures, et de se lever et se coucher de bonne heure.

30. On ne doit avoir ni trop chaud dans le lit, ni un lit trop doux.

31. Il importe de ne pas séjourner dans des appartements où il fait trop chaud, et surtout de ne pas se tenir très près du feu; car le feu enlève à l'air qui l'entoure une grande partie de son *principe vital*. C'est par cette raison que le coin du feu amène si souvent la somnolence, et quelquefois, dans les pays où l'on fait un

grand usage de poêles, comme sur le Continent, occasionne des syncopes approchant de *l'asphyxie.*

32. Il est important de ne rester, ni le jour, ni la nuit, dans des appartements où l'air n'est pas journellement renouvelé; car, de même que dans le cas précédent c'est le feu qui détruit le principe vital de l'air, c'est, dans celui-ci, *notre propre respiration* qui détruit ce principe, et à un point *non moins funeste.*

33. Ce qui contribue encore beaucoup à la constipation, aux mauvaises digestions, etc., c'est de ne pas avoir soin de se couvrir convenablement les pieds et les jambes. Il faut, pendant l'hiver, porter de très-épais bas de laine et des chaussures fortes.

34. Le refroidissement des pieds et des jambes a pour effet de réduire considérablement l'énergie de l'estomac et du tube alimentaire en entier; et il en résulte que les deux digestions, *stomachale* et *intestinale*, se trouvent affaiblies et troublées simultanément. Ces effets, ne tardant point à influer sympathiquement sur le cerveau, et sur tout le système nerveux, produisent sur les organes digestifs une réaction qui aggrave beaucoup le mal, et causent nécessairement aux personnes qui sont disposées à la constipation de fortes souffrances.

35. Les personnes qui commencent à vieillir éprouvent une diminution des forces vitales, qui va toujours en augmentant avec le nombre des années. Elles mangent moins, et chez elles l'estomac et les intestins digèrent plus lentement, et quelquefois avec difficulté. Aussi, quand elles ont l'imprudence de trop manger, ou de se nourrir de substances qui, par leur dureté, ou par quelque autre qualité malfaisante, fatiguent les organes, elles ne peuvent digérer ce qu'elles ont mangé, et elles éprouvent dans le tube alimentaire une obstruction plus ou moins dangereuse, mais toujours difficile à enlever. De là des apoplexies, des paralysies, etc. Ces considérations démontrent que les personnes qui commencent à avancer en âge, doivent être fort réservées, tant sur la quantité que sur la qualité de leurs aliments.

36. Si l'emploi de la Mélasse Warton (dite de la *Cochinchine*) ou des pruneaux, avec le régime prescrit, avaient pour effet de rendre les évacuations trop fréquentes, il serait nécessaire de manger, à son dîner et à ses autres repas, plus de pain de froment et moins ou point de Mélasse et des pruneaux.

37. Dans les cas de diarrhée chronique ordinaire et modérée, pour lesquels nous recommandons l'Ervalenta, on doit suivre ce même régime, en se passant entièrement de la Mélasse et des pruneaux.

38. Il ne faut pas négliger, en cas de besoin, les indications du chapitre III à l'égard de la Mélasse Warton.

CHAPITRE V.

Temps qu'il faut pour la guérison.

Ce serait une erreur que de s'imaginer, qu'en faisant usage de l'Ervalenta et de la Mélasse Warton (dite de la *Cochinchine*) ou des pruneaux, et en suivant bien nos instructions précédentes, on puisse détruire en très-peu de temps la constipation habituelle, les mauvaises digestions, et les nombreuses maladies dont elles sont la source; car c'est un principe constant que les affections morbibes qui sont longues à se développer, sont longues aussi à se guérir. Il est vrai qu'au bout de quelques jours on éprouve une amélioration considérable dans ses souffrances, mais ceci n'est qu'un bon résultat momentané, qui cesserait bientôt si l'on suspendait l'usage de l'Ervalenta. En persistant sur son emploi, on finit par guérir radicalement, excepté dans les cas des lésions organiques profondes et incurables, comme le cancer, etc.; mais alors même l'Ervalenta rend des services très-importants, en nourrissant sans irriter l'organe affecté, en rendant les digestions faciles, et les évacuations régulières.

Un purgatif quelconque détruira la constipation : qu'il soit liquide, solide, en pillules, dragées, bonbons, ou sous une autre dénomination ; mais ce résultat disparaît le lendemain, et la constipation recommence avec plus de force, le trouble se fait sentir dans tout l'organisme. L'Ervalenta, au contraire, agit lentement; elle imite la nature, ce grand maître, qui jamais n'opère de transitions brusques. Au moyen de l'Ervalenta, on guérit lentement, sans aucun danger des affections multiples qui se produiraient de la même manière.

CHAPITRE VI.

Précautions à prendre.

1. Lorsqu'au bout d'un certain temps, selon la gravité et la date de la maladie, selon l'amélioration soutenue qu'on éprouve, il paraîtrait qu'on pourrait abandonner sans crainte les pruneaux ou la Mélasse Warton, et même l'Ervalenta, ceci doit être fait en

diminuant progressivement la quantité, jusqu'à ce qu'elle soit réduite à une portion minime, enfin à la suspension de l'usage de cette dernière (voir le chapitre IV, n° 11).

2. Il ne faut pas (à l'exception du cas prévu au paragraphe 25 du chapitre IV) manger de l'Ervalenta à dîner, mais seulement à déjeûner et à souper. Pour le dîner, il faut une nourriture plus substantielle, mais éviter tout excès; la frugalité nous fait arriver à la vieillesse.

3. Pour conserver à l'Ervalenta et à la Mélasse Warton leur vertu et leur goût agréable, il faut les tenir à l'abri de l'humidité et de la chaleur. On doit conserver l'Ervalenta dans un pot où l'air puisse pénétrer librement, et de temps en temps la remuer; autrement elle peut se gâter, et, par conséquent, ne plus produire ses effets salutaires. Pour la Mélasse, pendant l'été il faut la tenir à la cave, et bien boucher le vase qui la contient, afin d'empêcher l'humidité d'y entrer.

RÉSUMÉ

DU

TRAITE SUR LA CONSTIPATION, etc.

La science médicale possédait déjà quelques moyens pour guérir la constipation invétérée, par des agents tant thérapeutiques qu'hygiéniques : ceux-ci trop fatalement en oubli, ceux-là momentanés dans leurs effets, condamnaient les personnes atteintes de cette terrible affection, source inépuisable de maladies diverses, à passer le reste de leurs jours dans une espèce d'agonie lente, dans la plus profonde inquiétude et tristesse. Les purgatifs, si salutaires en tant d'occasions, les lavements, sont deux agents qui nuiront toujours dans le cas de constipation invétérée; ils ne pourront que l'aggraver.

Notre esprit, occupé assez longtemps de cette question capitale, nous conduit à la recherche de quelque moyen sûr pour prévenir la constipation, pour la détruire une fois arrivée, pour empêcher qu'elle se répète. Nous ne pardonnâmes pas aux veilles, à une étude obstinée, à des expériences sans nombre. Nous arrivons enfin à trouver une substance qui, exempte de toute espèce de drogue pharmaceutique, parfaitement assimilable, d'une digestion la plus innocente, et d'un prix très-modéré, guérit radicalement la constipation la plus obstinée, qui naguère avait résisté aux moyens médicaux le plus variés. Nous voulons parler de l'Ervalenta, substance alimentaire, dont les bienfaits se font sentir aujourd'hui dans toutes les parties du globe. Quels effets prodigieux ne produit-elle pas partout où son usage se répand !

En effet, si l'on considère que, sans animalisation, point de santé; que, sans l'assimilation des substances à nos propres organes, point de réparation, point d'actes physiologiques; que la constipation rend impossibles et l'assimilation et l'animalisation, on ne tarde pas à concevoir que cet état fatal du tube digestif doit entraîner nécessairement une foule de maladies diverses, selon les organes, et selon les fonctions qu'ils sont appelés à accomplir. Le cœur, les vaisseaux sanguins, les lymphathiques, les chylifères, les poumons, le cerveau, la moëlle épinière, les nerfs du mouvement et du sentiment, les organes des sens, vision, ouïe, odorat, gustation et toucher, les exhalants cutanés, les glandes sécrétoires, les tissus fibreux, adipeux, cellulaire, tendineux, etc. etc., — comment pourront-ils réparer leurs pertes, accomplir leurs fonctions, et ne pas devenir maladifs dans l'état de constipation? Mille médicaments divers sont alors appliqués, mais sans succès, ou produisant des effets contraires. Pourquoi donc alors ne pas attaquer la cause, la constipation? Tout rentrerait dans l'ordre par cette manière d'agir, toute rationnelle et qui saute aux yeux. Mais, dira-t-on, les purgatifs laxatifs, cathartiques, drastiques, ont été employés, et leur action n'a produit qu'un résultat rapide comme l'éclair; le mal, au lieu de guérir s'est empiré. Cela ne pouvait être autrement. Notre Ervalenta produira d'autres effets bien distincts; elle guérira ce que les purgatifs, les lavements n'ont pu guérir, ce qu'ils ont aggravé. Jetons un coup-d'œil rapide sur ce sujet.

La constipation provient d'une irritation permanente de la muqueuse intestinale, qui, en se propageant à la musculeuse, contracte constamment celle-ci, empêche la sécrétion de celle-là; et la stagnation des matières stercorales devient inévitable. Alors les purgatifs, les lavements sont invoqués, ils désemplissent les intestins; mais quels effets laissent-ils à leur suite? Les voici : ils augmentent l'irritation intestinale, et la constipation devient plus opiniâtre : les pauvres malades sont forcés de recourir à ces moyens violents, et finissent, après un long usage, par paralyser l'action des intestins; ils sont sujets à faire des efforts insupportables et souvent inutiles pour expulser les matières fécales, troublant ainsi le système nerveux, causant des congestions du sang au cerveau, donnant lieu aux hernies, aux hémorrhoïdes presque inévitables. L'abus des purgatifs affaiblit, détruit même la faculté digestive, fait disparaître l'appétit, jette les organes dans une espèce de marasme; ils fonctionnent mal, le sommeil manque, la douleur se fait sentir partout, des maladies sans nombre se déclarent, et les misérables malades, tombant dans une mélancolie affreuse, descendent au tombeau victimes des remèdes opposés à la guérison de leur constipation, source inépuisable de tant d'affections.

Examinons-en sommairement quelques-unes, et voyons les bienfaits produits par l'Ervalenta.

La gastrite, la grastralgie, l'entérite, l'entéralgie, toutes les maladies du tube digestif ont une tendance opiniâtre à la chronicité, quand, dès leur début, elles ont été négligées ou mal traitées : les aliments dont on fait usage, augmentant de jour en jour l'irritation de cet organe, ne tardent pas à amener les suites fatales dont nous avons déjà fait mention. Si, au lieu de se servir d'une nourriture irritante, productrice de ces affections, on faisait usage de notre Ervalenta, la guérison ne tarderait pas à se produire ; car, à la fois nourrissante et complètement assimilable, elle ne laisse aucun résidu qui puisse irriter la muqueuse d'aucune partie du tube digestif : aussi les évacuations des matières fécales se font régulièment avec toute liberté, et tout rentre dans l'ordre. Les troubles généraux, les affections nouvelles qu'elles avaient créées disparaissent progressivement à leur suite.

Les maladies du foie, de cet organe si important, d'une exploration aussi difficile dans ses actes physiologico-pathologiques qu'elle est facile dans ses proportions anatomiques, ont embarrassé maintes fois les praticiens les plus habiles. Néanmoins, l'usage de l'Ervalenta a rendu leur guérison aussi facile que celle d'autres organes, et l'on s'en rend parfaitement compte, quand on sait que cet organe est destiné à l'accomplissement de la digestion en commun avec l'estomac et les intestins, et que, ceux-ci rétablis par l'Ervalenta, le foie revient à son état normal, comme conséquence nécessaire.

On sait combien sont communes les affections du cœur et de tout l'arbre circulatoire du sang, et l'on comprend sans peine la part que le mauvais état du sang doit prendre à la production de ces maladies. Sans une digestion parfaite, point d'hématose normale ; sans un sang pur, point de régularité dans le mouvement circulatoire, point de réparation des organes, désordre partout. Détruisez la constipation, les digestions deviendront faciles, l'assimilation de matières nutritives se fera sans peine, le sang sera réparé, son centre de circulation reprendra son mouvement ordinaire, et tous nos tissus répareront leurs pertes. Existe-t-il quelque lésion anatomico-pathologique incurable? insistez alors davantage pour éviter ou détruire la constipation : ceci est d'une importance extrême. Et si, comme nous l'avons déjà établi, l'Ervalenta est douée des propriétés qui peuvent amener ce bon résultat, on verra bien de quelle utilité est dans ces cas l'usage de cette substance précieuse.

Les poumons, organes de la respiration, sont sujets à des maladies diverses, dont quelques-unes se perpétuent autant que la vie elle-même : — comment échapperont-ils aux lésions, si le sang qu'ils sont chargés de purifier (en brûlant par l'oxygène de l'air le charbon qu'il rejette), et duquel ils doivent se nourrir, ne contient pas les proportions normales, ou charrie dans son cours des principes hétérogènes qui sont déposés çà et là, formant autant de corps étrangers, véritables parasites, qui, plus tard, doivent constituer une destruction des tissus? La phthisie pulmonaire, la bronchite chronique, la pneumo-thorax, l'hydro-thorax, etc. etc., sont des maladies qui tuent une grande partie de notre espèce, après l'avoir fait passer par tous les degrés de consomption la plus pénible. Nous n'avons pas la prétention de les guérir, mais nous osons affirmer que, par l'usage de notre Ervalenta, beaucoup de ces misérables qui souffrent trouveraient une vie moins languissante et d'une plus longue durée. Dans toutes ces maladies on souffre, ou d'une constipation opiniâtre, ou d'une diarrhée sans terme. Quoi de plus naturel que de mettre en ordre le tube digestif, de combattre cette complication qui empire encore la maladie elle-même? L'emploi de l'Ervalenta peut-il jamais être mieux indiqué que dans ce cas? Nous en avons bien l'expérience.

La céphalalgie, les différentes névroses, migraines, etc., l'hypochondrie, l'épilepsie, la catalepsie, l'hystérie, et une foule d'affections diverses du système encéphalo-rachidien sont des maladies presque toujours liées à un mauvais état des voies digestives, et souvent on les voit disparaître quand celles-ci commencent à fonctionner normalement. Sans avoir besoin d'entrer dans de longues explications, et tenant présent tout ce que nous avons déjà répété, nous conseillerons dans tous ces cas l'usage de notre Ervalenta, qui, en attaquant la cause, détruirait ses effets, et ceux qui en feraient usage ne sauraient que nous remercier, se voyant ainsi libres d'affections pareilles, contre lesquelles avaient échoué un grand nombre de remèdes.

Les hémorrhoïdes sont un produit tout mécanique de la constipation. Par les efforts que les personnes constipées sont forcés de faire, les vaisseaux de l'anus sont comprimés, les veines gorgées de sang se dilatent, celui-ci devient stagnant, se coajule, et une vraie varice se produit, obstacle nouveau, et augmentant sans cesse la difficulté de la défécation. Encore une fois, détruire la cause, et son effet ne se produira plus. Rendre la digestion facile, entretenir la liberté du ventre, et les hémorrhoïdes ne tourmenteront plus. L'emploi de l'Ervalenta ne peut que produire cet effet si salutaire : tous autres moyens, purgatifs, lavements, onguents narcotiques, n'y feront rien pour la guérison, et le mal ne pourra qu'empirer.

Pour la chute du rectum, sa contraction permanente et spasmodique, nous ne ferions que répéter les mêmes causes, les mêmes moyens que ceux qui précèdent.

Les éruptions cutanées, si multiples, proviennent très-fréquemment de la constipation et des digestions laborieuses. L'usage de l'Ervalenta, en faisant disparaître ces deux causes, guérit plusieurs de ces affections, et nous l'avons constaté dans un certain nombre de cas.

Si nous voulions parler de toutes les maladies dont l'origine n'est autre que la constipation, la mauvaise digestion, l'état pathologique du tube digestif, nous ne finirions pas, car quel est l'organe qui ne soit soumis à ses influences? Et, par conséquent, quel est l'organe qui ne reviendrait pas à son état normal par l'usage de l'Ervalenta? Combien de bienfaits ne retirerait-on pas de son emploi presque dans toutes les maladies à leur état de chronicité, et dans leur état aigu lorsque l'alimentation doit faire suite à la diète? Pourra-t-on trouver une nourriture plus saine, de digestion plus facile, de réparation plus progressive, plus innocente? Ne devrait-on pas s'attendre à guérir un très-grand nombre d'affections les plus diverses par ce seul traitement? Plaise à Dieu qu'un jour l'emploi de l'Ervalenta soit répandu partout pour le bien de l'humanité souffrante!

Les personnes de cabinet, toutes celles qui vivent d'une vie sédentaire, les femmes surtout, victimes de maladies propres à leur sexe, de leur genre de vie, sont précisément celles à qui nous devrions nous adresser de préférence, car ce sont elles qui sont les plus sujettes aux mauvaises digestions, à la constipation, et à leurs suites funestes. Combien de fois, par l'usage de l'Ervalenta, échapperaient-elles à tant d'affections qui les accablent, à tant de drogues qui pallient le mal qui bientôt doit s'exaspérer et en produire un autre bien plus nuisible, à tant d'explorations plus ou moins répugnantes, parfois malfaisantes, à tant de coups de bistouri et de cautérisations atroces dont la moderne chirurgie est si prodigue, à une vie si triste et si misérable, à une mort enfin prématurée et inévitable!

Chez les enfants, où la mort fait tant de ravages, n'est-il pas vrai que le mauvais état de leurs viscères abdominaux entraîne la constipation, les convulsions, la diarrhée, la difficile dentition, les maladies éruptives, les paralysies, les crampes, les vers intestinaux, les péritonites, les gastrites, la gastralgie, les hépatites, la consomption tuberculeuse, les calculs urinaires et hépatiques, etc., etc.? Pourquoi donc priver ces êtres innocents, dès le début de leurs dérangements gastro-intestinaux, d'une substance qui, tout en arrêtant ces indispositions, préviendrait l'arrivée d'une ou de plusieurs de ces maladies qui feront plus tard succomber la moitié de ceux qui en sont atteints? L'emploi de l'Ervalenta produit chez les adultes des bienfaits sans nombre; mais chez les enfants, nous pouvons l'assurer, cette substance, convenablement employée, sauverait la vie à la plupart de ceux qui succomberaient malgré les moyens ordinaires.

Les vieillards, dont les viscères abdominaux sont les premiers organes prêts à se déranger, ont besoin de se nourrir des aliments en rapport avec la force affaiblie dont ils jouissent. Il n'est pas difficile de combiner leur nourriture; mais la constipation, la difficile digestion, se déclarent chez eux, avec le cortége de maladies terribles qui en sont la suite obligée, et auxquelles l'âge avancé prédispose, et alors on voit échouer tous les moyens employés pour arrêter le progrès rapide de ces affections; ou ils languissent sous l'influence d'une diarrhée sans terme, ils meurent tout épuisés. Si, dans une incommodité quelconque, ils faisaient usage de l'Ervalenta, ils ne tarderaient pas à se rétablir, ils éviteraient des maladies qui ne sont pas loin à venir, ils prolongeraient leur vie au-delà de ce qu'on a l'habitude de voir.

Enfin dans les convalescences des maladies, toute précaution deviendra insuffisante, si dès les premiers jours on met à la discrétion des convalescents des aliments que leurs forces digestives ne peuvent pas encore supporter. On a tous les jours à déplorer les plus tristes conséquences de cette faute impardonnable, surtout après des maladies longues, ou pénibles par leurs dégats. L'usage de notre Ervalenta rendrait les plus grands services dans ces cas. Substance la plus digestible, nourrissante sans danger, elle fortifierait le convalescent, et le mettrait en peu de temps en disposition de tout digérer. Qu'on ne perde pas de la mémoire cet avertissement, surtout pour l'appliquer chez les enfants, chez le vieillard, chez les personnes d'une constitution délicate.

Nous venons de voir dans tout ce qui précède que l'Ervalenta est une substance purement alimentaire, d'un goût agréable, d'une digestion la plus facile, douée d'une force réparatrice la plus innocente. Elle a la vertu de guérir la constipation la plus invétérée et la plus opiniâtre, tout dérangement du tube gastro-intestinal, et les nombreuses maladies qui s'en suivent. Cette vérité est confirmée par le raisonnement, par les nombreuses Attestations que nous livrons au public dans ce livre (1), et par beaucoup d'autres que nous conservons et que nous recevons sans cesse. La gratitude de ceux qui ont éprouvé les effets bienfaisants, et comme prodigieux de cette substance, depuis si longtemps par nous recherchée, nous rend cet hommage. Tout en étant reconnaissant de la justice qu'on nous rend, nous finirons en disant que les grands services que nous rendons à l'humanité souffrante, par la découverte et par l'emploi de l'Ervalenta, doivent encore plus remplir notre cœur de joie.

---

(1) La Nouvelle Méthode, etc.

Nota. Nous nous faisons un plaisir de fournir gratis de l'Ervalenta aux médecins, pour les mettre à même de constater eux-mêmes que cette substance alimentaire a les propriétés que nous lui attribuons.

APPENDICE.

Nous croyons de notre devoir, dans l'intérêt des malades, et dans le nôtre, de prévenir le public que les grands services rendus par l'Ervalenta et la Mélasse Warton (dite de la *Cochinchine*), services aujourd'hui incontestables, et garantis par de nombreuses attestations de médecins célèbres et d'autres personnes de distinction, en France, en Angleterre, en Écosse, en Irlande, en Italie, en Allemagne ont donné depuis longtemps l'éveil aux jalousies, aux ambitions, aux persécutions les plus détestables.

D'abord, à l'instigation de la Société des Pharmaciens, le gouvernement dirige des poursuites contre nous; mais bientôt la justice donne à notre Méthode Alimentaire la plus complète victoire, et confirme ainsi ses grands services.

Un bon nombre de contrefacteurs se sont succédés de temps à autre, même aujourd'hui. Leur cupidité trouvant très-facilement des substances qui ressemblent à la simple vue à notre Ervalenta et à notre Mélasse, et trouvant aussi dans la matière médicale quelques drogues à mélanger, ils ont fait des compositions absurdes et malfaisantes. Mais ils n'ont pas tardé à être arrêtés, ou par les lois, ou par les mauvais effets de leurs prétendues substances identiques. De combien de manières ne s'y sont-ils pas pris pour faire la contrefaçon? On a abusé de nos dépôts en province, ce qui nous a obligés à ne plus avoir de dépôts : on a interrogé nos domestiques pour savoir les secrets de notre invention, ce qui est bien ridicule; car qui serait assez sot pour confier ainsi des secrets, qui le lendemain cesseraient d'exister? On a eu même l'audace de publier une partie de notre Traité sur la Constipation, les Mauvaises digestions, etc., pour exploiter un produit sous un nom de non-sens. Mais, à la fin, tout cela n'a produit d'autre effet que celui de mettre plus au jour les bienfaits immenses de notre Moyen Naturel, de notre Ervalenta, de notre Mélasse; laissant aux contrefacteurs le triste souvenir de leur conduite si peu délicate, et des méfaits qu'ils ont produits.

Nous prions bien les consommateurs, plus dans leur intérêt que dans le nôtre, d'être sur leurs gardes par rapport aux contrefaçons.

Les moyens de ne pas être dupé sont :

1° D'adresser les demandes à notre Maison, rue Richelieu, n° 68;

2° De faire attention que notre signature et notre cachet se trouvent sur chaque paquet d'Ervalenta et sur chaque bocal de Mélasse, comme ci-contre :

3° Que les noms d'*Ervalenta* et de *Mélasse Warton* se trouvent aussi sur le paquet de l'une et sur le bocal de l'autre, *et ceci sans le moindre changement ;*

4° Que le paquet de l'une soit plein et son enveloppe intacte ; la corde du bocal de l'autre dans son état entier, c'est-à-dire, sans avoir été coupée.

Il faut aussi savoir que, dans quelques villes, il y a des pharmaciens qui fournissent de l'Ervalenta, assurant que c'est de la nôtre; ceci étant absolument faux. Aussi se tenir sur ses gardes contre des personnes vendant la même substance, disant qu'elles ont été employés dans notre Maison, comme si jamais nous les aurions instruites de la nature intime de l'un ou de l'autre de nos deux produits.

Analyse de l'*Ervalenta* par les plus célèbres chimistes de l'Europe.

1° « L'expert (le chimiste Chevalier) a rendu hommage à *l'innocuité complète* de ces deux produits (l'Ervalenta, et la Mélasse dite de la Cochinchine.) »

GAZETTE DES TRIBUNAUX du 24 mai 1843, dans son compte-rendu du procès intenté contre M. Warton, en Police correctionnelle.

« M. Warton a produit (*à la Cour royale de Paris*) un *volumineux* dossier de DOCUMENTS, qui attestent dans les termes les plus forts, et de la manière la plus positive, que l'*Ervalenta* et la *Mélasse dite de la Cochinchine* possèdent bien réellement la propriété de vaincre la CONSTIPATION, et, par cela même, de guérir TOUTES LES MALADIES qui en dépendent, et contre lesquelles la médecine avait été jusqu'à présent *impuissante*. Tous ces Documents lui avaient été adressés par des personnes très-estimables dans chaque classe de la société, et aussi par des médecins *des plus distingués de Paris* et de la Province. Plusieurs de ces Pièces sont *légalisées.* »

Journal du COMMERCE du 8 juillet 1843, dans son compte-rendu du procès intenté contre M. Warton, en Cour Royale.

« M. LE PRÉSIDENT SIMONNET consulte ses collègues, et rend un arrêt qui renvoie M. Warton de la plainte portée contre lui. »

Journal du COMMERCE du même jour.

2° « J'ai analysé l'Ervalenta de M. Warton. Elle est un produit purement végétal, très-nourrissant, très-facile à digérer, et doué de propriétés capables de détruire la constipation habituelle, et de rétablir les évacuations naturelles. Elle est enfin un diététique très-sain. Andren Ure, Professeur d'analyse chimique.

2 Xbre 1847, 24, Bloomsbury Square, London.

3.° « Je certifie avoir analysé l'Ervalenta de M. Warton, et trouve qu'elle est une substance purement végétale, hautement nourissante, d'un goût très-agréable, et capable d'être digérée par l'estomac le plus faible. D'après mon expérience et celle de plusieurs médecins qui l'ordonnent à leurs malades ; cette substance possède à un haut degré la propriété de détruire la constipation, et de régulariser ses fâcheux effets.

John Ryan, L. L. D. M. D. M. R. C. S. E. Royal Polytechnic Institution, London, ancien Professeur de chimie, du collége royal naval. Portsmouth, 29 mars 1848.

Nous omettons plusieurs autres qu'on trouvera dans notre Traité sur la constipation, etc.

NOUVELLE MÉTHODE, ETC.,

OU

TRAITÉ WARTON

SUR

LA CONSTIPATION,

LES MAUVAISES DIGESTIONS, ETC.

(Voir le chapitre Ier de ces *Instructions.*)

A la Maison Warton, rue Richelieu, 68, à Paris; et chez tous les libraires de Paris et des Départements : *Prix* 1 *franc.*

Pour recevoir l'ouvrage par la poste, *franco*, il faut adresser à la Maison Warton, par lettre affranchie, un bon de 1 fr. 50 c. sur la poste. La Maison l'expédie par le premier courrier.

Paris.—Imp. de Mme Smith, rue Fontaine-au-Roi, 14 ter.

www.ingramcontent.com/pod-product-compliance
Ingram Content Group UK Ltd.
Pitfield, Milton Keynes, MK11 3LW, UK
UKHW032033260826
14628UKWH00006B/2927

9 782019 670818